현대시세계 시인선 152

괜찮아 괜찮아 괜찮아

김미성
시집

괜찮아 괜찮아 괜찮아

김미성
시집

도서출판 북인

시인의 말

바르게 걷고자 늘 노력했지만 돌아보면, 눈 위로 난 내 발자국은 어김없이 삐죽빼죽이었다. 언짢았던 그 마음이 아마 나로 하여금 시의 영역을 기웃거리게 만들었을 것이다. 와중에 감사했던 것은, 삶이 주는 해오解悟 같은 빛이 드문드문 또는 그럭저럭 마음 깊은 곳에 드나들던 것이었다.

첫 번째 시집이 내가 나에게 보내는 반성의 속삭임이었다면, 이번 시집은 형제들, 이웃들, 친구들에게 보내는 위로의 동승同乘이라고 말할 수 있겠다.

지금은 어느 차원次元에 머물고 계실까? '오래된 미래' 그 깊은 의미를 가르쳐주신 자비보살, 거룩한 내 어머니께 이 시집을 바친다.

2023년 한여름
김미성

차례

2부

3부

4부

1부

4월

서해바다,

망해사 천 겹 만 겹 왕벚꽃을 보러갔었네

바다는 삼매에 들어 아무 말이 없고 뱃사공은 영원한 시간 속으로 노를 젓고 있었네

바람은 천 번 만 번 떠나고 돌아오고 벚꽃잎은 지난 봄과 여전하여 속절없이 내 가슴만 아련하게 쿵쾅거렸네

400년 팽나무에 기대선, 낯선 남자의 눈동자 속으로 분홍 벚꽃물은 적시어가고 나비 한 마리 낯선 남자 머리 위로 무심히 내려앉았네

벚꽃을 보러 망해사에 갔었네

하루 종일 분홍 벚꽃잎을 바다 물결 위로

던지고 던지고 또 던지고

이제, 그만, 돌아왔다네

멋쟁이나비 애벌레

모란과 모란 사이 작약과 작약 사이 애벌레가 간다 흙은 알맞게 보슬보슬, 서두르지 않고 촘촘하게, 느린 듯 지루하지 않게, 내세울 것 없는 몸 가볍게 가볍게,

이슬과 이슬 사이 애벌레가 간다 물기 맺힌 잎사귀는 알맞게 흔들린다 이슬이 다칠까 미끄러지듯 조용하게, 꽃잎이 깰까 은근하게, 보잘것없는 몸 부드럽게 부드럽게,

애벌레는
묘법妙法
제 몸속 우주를 알고 있을까?

봄비에 말 걸기

누군가의 시詩를 읽는다는 것은
누군가가,
무엇인가에,
간절하다는 것을 읽는 것이다
누군가의 간절함은
지금은 바로 나의 간절함이다
누군가는 철저하게 타인이다

누군가의 시를 읽는다는 것은
그의 간절한 가슴에 대고
턱턱턱 노크를 해대는 것이다
막무가내로 말을 건네는 것이다
그 누군가가
제발 타인이어선 안 된다고
안달을 부리는 것이다

하얀 꽃잔디

일산 백마역 철길 옆에
은하수를 탈옥한 별이 한 무더기 산다
말 못하는 어린 것들이,
오래 전엔 저 먼 하늘의 별이었다고
별 모습을 하고 피어나서는
은하수를 이루고 산다

별은 어디든 가보고 싶다
철길을 따라서도 좋다
기적汽笛 소리를 타고 가도 좋다
비에 취해 가다가 길을 잃어도 좋다
어디든 가보고 싶다

괜찮아 괜찮아 괜찮아

흰괭이눈 물길 따라 흘러가거든 꽃바지 그만 바람결 따라 날아가거든 노루귀 그만 구름집으로 올라가거든 쇠별하얀 조각달 타고 떠나가거든 연복초 그리움 찾아 물러가거든 애기나리 그만 새벽빛 따라 돌아가거든, 혼자 남은 버들강아지보다 더 외로운 봄 있거든, 돌아가지 못하는 봄 그림자에 빗방울이 한 줌 뿌려오거든,

어느 별일까
꼭꼭 숨어버린 너에게 문자를 보내보려고
오지 않는 답신을 기다리다
나는 현호색 곁에 누워 잠이 들지도 몰라
현호색 허리 굽혀 차가워진 내 몸을 쓰다듬어주면
가는 봄이 굳이 뒤돌아보지 않아도
괜찮아 괜찮아 괜찮아

느티나무 아래 작별

오토바이를 타고 온 낯선 남자는 헬멧을 쓰고 있었다
윤기 흐르는 긴 가죽 장화도 신고 있었다
껌도 씹고 있었다
검은 선글라스도 쓰고 있었다

— 셔터를 좀 눌러주시겠습니까?
남자는 느티나무 아래서
오토바이에 살짝 기댄 채
소년처럼 말갛게 폼을 잡고
시뭇 진지하게 렌즈를 바라보았다

렌즈 속 남자의 하는 양이 하도 귀여워
나는 소녀처럼 맑게 웃었다
남자는 영문도 모른 채 히죽 따라 웃었다

두물머리 느티나무를 보러온 사람들이
낯설지만 왠지 낯설지 않은
그 남자를 바라보았다
남자는 기분이 괜찮은 듯
한쪽 다리를 잠시 달달 떨어보였다

어깨도 으쓱, 들어보였다

나는 수없이 셔터를 눌러주었다
사진 속엔 남자의 행복이
모두 찍혔다

남자의 벌어진 어깨 위로 느티나무 잎이
노란 눈이 되어 흩날리고
남자는 윤기 흐르는 긴 가죽 장화를 타고
노랑나비가 융단 위를 날아가듯
사뿐, 왔던 길로 가뭇없이 사라졌다

스승과 제자

누가 볼까 몰래 숨어 핀
이름도 모르는 꽃
떨리는 마음으로 조심
꺾어
스승님께 올렸더니
자운 스님,
"혜총아, 꽃도 너를 사랑하더냐?"

나옹 스님 2

금강산 화암사 계곡에서
한 어른 남자가
콩나물을 씻다가
물살이 거세었던지
콩나물 몇 가닥이 그만
물살에 쓸려가고 말았네
남자는
흘러내려 가는 콩나물을 따라
한참을 쫓아가
바위에 걸린 콩나물을 겨우 건져냈다네

옛사람

대금 듣는 밤
찻잔 속
물결이 일렁이다

푸른 물결 푸른 향기
우려주던 옛사람

대금 우는 소리에
가슴에 푸르게 지다

겨울강

강변 나룻배
흔들흔들
노을을 젓는다

기러기
천 마리 만 마리
맨발로 먼 길 떠났다
발자국 남기고

기러기 발자국
세고 또 세다가
선 채로 쪽잠에 든
겨울강

동피랑 벽화마을에서

바람은 남쪽에서 불어왔다
골목길 오를 때
바람이 땀방울 닦아주었다
누군가 정성으로 키웠을 화분에
보랏빛 바이올렛이 천천히
피어나고 있었다

고래는 벚꽃을 업고 바다를 유영하고
동백은 무리지어 말을 걸어왔고
요염한 나비들은 날개를 펄럭였다
등대 곁에서 꽃들이 속삭였다
"행복은 우리 안에 있어, 찾지 마"
앞니 빠진 사내아이
사막에서 온 어린 왕자와 놀고 있었고
"소소한 골목길"
그 세상 속에서 깜짝 만난
김춘수 시인과 박경리 작가가
악수를 청해왔다

골목을 한 바퀴 돌아나올 때,

모두가 사랑이었다
모두가 사랑이었다
모두가 사랑이었다

통영에서

바다는 그저
파아란 한 송이 청연화青蓮花로 피어났다
화엄의 세상이었다

코너 찻집에서
따뜻한 차 한 모금 마셨다
바다를 바라보던 낯선 여자의 머리칼이
영화 속 주인공처럼 나부꼈다

찻집 한가운데
수족관에서 색색 물고기들이
한가롭게 장난치고 있었고
아무도
물고기의 장난을 말리지 않았다

등대는 보이지 않았고
손톱만 한 모형 등대가
누군가의 휴대폰에서 달랑거렸다

돌아오는 배도 없었고

떠나는 배도 없었다

바다는 그저
한 송이 청연화였다
날은 차가웠지만 눈雪은 내리지 않았다

명자꽃, 비에 흘러가다

명자꽃과 만난 빗방울의 열락悅樂은 붉다
붉은 명자꽃비는 빠르게 빠르게
아래로 아래로 흘러가서 물이 된다
땅의, 선명한 붉은 힘이 된다

빗방울 하나가 내게 온다
머리카락을 적신다
속눈썹에 적시고 눈동자에 적시고 눈시울에 적신다
내게 온 빗방울은 빠르게 빠르게 흘러
아래로 아래로 내려가서 눈물인 듯 착각을 준다
눈물도 힘이다 나에게는 그렇다

무수한 진동을 경험하며
동그란 빗방울이 명자꽃으로 왔다
수만 개의 진동이 한꺼번에 몰려왔다

자전거 바퀴가 힘차게 돌듯, 비가 내린다
명자꽃 선명한 붉은 색이 자전거 바퀴살에 퍼진다

내 오감에 꽃이 핀다

선명하고 밝은 붉은 색, 명자꽃이 핀다
그냥, 명자꽃이 되고 만다

밥

하이난섬 바닷가 애니쇼의 집에서는 호랑이가, 무리를 이룬 사람들을 앞에 앉혀놓고 재주를 부리고 있다 절도 하고 춤도 추고 불쇼도 한다 조금이라도 게으름을 피우면 조련사는 채찍을 들어 호랑이를 위협한다

땀 흘려 재주 부리고 나니 조련사는 선홍색 살코기 한 점을 던져준다 호랑이는 어쩔 줄 몰라 하며 연신 굽신거린다 사람들은 휘파람을 불기도 하고 박수도 쳐주며 호랑이를 응원한다 쇼는 끝나고 호랑이는 어떻게든 위용은 잃어서는 안 되겠다는 듯 위풍당당 발걸음을 내디뎌 내 곁을 스쳐 우리 안으로 사라져간다

호랑이야 너에게도 산다는 일이 녹록한 일은 아니었나 보구나 애니쇼장을 나오며 호랑이 담배 피우던 시절은 이미 갔는데 아직도 그 시절 호랑이가 그리운 나의 고집스러움이 왜 이리 언짢은 것인가

겨울 물치항

팝콘 같은 눈송이가 하늘을 가득 메웠다
이상하게 하늘은 하얀 색이 아니라 짙은 회색으로 보였다
바다는 내리는 눈을 족족 재빠르게 숨겨버렸다

비가 내리지 않는데도 생선가게 여주인은
무릎까지 올라오는 고무장화를 신고 있었다
여주인은 빨간 립스틱을 정성스럽게 바르고
목소리가 우렁우렁 힘차보였다
여주인 뒤로 바다가 보였다
어디서 본 그림이지? 낯설지 않았다
생선가게 좌판에
대게와 양미리와 묵어와 도치인가?
그런 물고기들이 생을 마감하면서도 허무하지 않은 듯
행복하게 입을 헤 벌리고 미소짓고 있었다
이번 생은 행복했을까?

두 개의 장대를 세워 만든 빨랫줄에는
이름 모를 잡어들이 바닷바람에 흔들흔들
몸을 말리고 있었고
누군가 널어놓은 회색빛 타월이 푸석푸석
겨울바람과 함께 흔들거리고 있었다

벚꽃

어깨 위에 너를 얹는다
살아가는 날들이 기쁜 이유는
네가
내 중심을 가볍게 잡아주기 때문이다

비 갠 뒤

구름 몇 조각
은방울 물방울 몇 알,
이고 서 있는 초록 나무들
눈이 예쁜 사내아이와
황금색 포메라니안이
열심히 올려다본다
뭘 안다는 듯이

권정생의 마을

바쁘지 않거든 쉬어가시게
촌장이 말하고
눈이나 그치거든 가지요
내가 답했네

웬일인지
눈은 그해 봄이 다 가도록 그치지 않았네
어딘가에 여름이 왔을 법하고
가을도 왔을 법한데
그 마을엔 쉬지 않고 눈이 내렸네

떠나야 한다는 생각은 하면서도
나는 웬일인지 그 마을을
떠나지 못했네

아무도 나를 잡지 않았는데
눈을 핑계삼아
나는 그 마을을 떠나지 못했네

긴 꿈에서 깨어보니

그 마을은 사라지고 없네
지금도 세상 어딘가에
눈 내리던 그 아늑한 마을이 있을 텐데

자작나무숲 2007, 12, 31

자작나무숲에 갔다
어쩌면, 자작나무 줄기 속으로
얼어붙은 차디찬
빙하의 강을 보러갔을 것이다

노란 나뭇잎 같은, 바람에 날리는 메마른, 가여운 잎사귀
같은, 텃새들이
한 마리, 두 마리, 일곱 마리, 여덟 마리
떼지어 가지 끝 열매 쪼아대며
혹독한 인제리 겨울을 견뎌내고 있었다
눈물이 왈칵,
내 안에 숨어 나를 조종하는 빙하가
강이 되어 흐르겠다 한다

줄기차게, 또는 죽도록
내 아뢰야식*에 석이버섯처럼
찰싹 붙어서
빙하를 만들던,
하얀 눈들이, 겨울들이,
왈칵 쏟아지겠다 한다

해바라기처럼, 가엾게
태양을 향해 필사적으로
돌고 돌았던 내 지난 시간이
부서지겠다 한다
놀란 허공이 쩍쩍 갈라지고
갈라진 틈으로
자작나무 가지들이
나를 내려다보는 게 보였다

살아 있는 것은 저마다
차갑게 흐르는,
혹은 고여서 단단해진 무엇을
속에 감추고 있다
내가, 내 몸속 차가운 빙하의 강을
살아 있는 날들 끝까지 밀고갈 때,
자작나무숲,
노란, 작은, 귀여운,
새는 이미 나와는 무관하였을 것이다

* 모든 법의 종자를 갈무리하고 지각작용을 가능하게 하는 가장 근원적인 심층의식을 부르는 불교 용어.

프리지어 꽃다발

돌아보지 말고 그대로 걸어가주렴
프리지어 꽃다발 안고
네가 걸어나오던 눈부신 오월 속으로

눈이 부시던 하얀 와이셔츠
프리지어 향기
눈을 뜰 수가 없었어

널 보내야 한다면
그렇게 해볼게

하지만 네가 남기고 간
노오란 향기는
잊지 말아달라고 말해줘

2부

카페 너바나

카페 너바나에서 커트 코베인*을 만났다 세미 롱 금발을 귀밑까지 찰랑이며 나를 보고 미소 지었다 그의 미소 위로 봄눈이 내렸다 나는 봄눈 속을 조심조심 걸어들어갔다 눈발 속에 그가 서 있었다 황량한 스물일곱 살이 울고 있었다 그의 노래가 울고 있었다 돌아올 수 없는 너바나에 그가 있고 갈 수 없는 너바나에 내가 있다 Hello, Hello, Hello 카페 너바나에 가면 커트 코베인에게 가는 입구가 있고 봄눈이 내리는 그의 미소가 있다

* 록그룹 너바나Nirvana의 보컬, 27세 나이로 요절했다.

오래된 주점 화사랑에서

술이 나오기를 기다리는 동안
남자들은 마키아벨리에 대해 이야기했다
두려운 듯 두리번거리며 두서없이 두런두런
그런 다음
거칠게, 고요하게 담배 연기 토해냈다

남자들은 이제
바람벽에 기대기도 하고
다리를 포개고 편하게 앉아서
마릴린 먼로에 대해 이야기한다
남자들의 웃음짓는 얼굴이
석류가 되어 터진다
호탕한 척 호기로운 척 호걸인 듯 호들갑스럽게

나는 석류만 본다

언제나 타인

눈雪은 바로 앞에서 내렸는데
나는 먼 곳만 바라보았다

허겁지겁 달려온
네 머리카락은 눈으로 온통 하얀데
나는 눈 얘기는 하지 않았다
먼 곳의 별 이야기만 했다

너는 우산을 쓰고 횡단보도를 건너갔다

언제나처럼
나는 네 뒷모습이 좋았다

너는 꿈에도 몰랐겠지만.

여명이 올 때까지
긴장 푸느라 긴 한숨 몰아내며
창밖으로 내리는 눈을 무심하게 바라보았다

모두가 타인

세상에 알려진 사람이었기에 그의 사생활은 보호받지 못했죠 그가 최근 '부적절한 사랑'에 빠져버린 죄를 어느 잡지에서 상세히 읽었죠 그가 내게 말하기도 전에 매체를 통해 모든 것을 파악하게 된 셈이죠 그에게서 전화가 왔네요 세상의 말대로라면 '정신나간 놈'이 전화기 저쪽에서 소리죽여 눈물짓고 있는 겁니다 세상이 그에게 단죄하고 판결까지 내린 것처럼 부적절하게 산 대가를, 아내 있는 몸으로 사랑에 빠진 대가를, 그래서 그에게 내린 형벌을 숨죽여 울고 있었죠 당신이라면 그에게 뭐라고 말씀하시죠? 저는 그와 한편이 되어 울어주지 못했답니다 전화 속 저편에 있는 그는 먼 이역의 사람처럼 멀어졌죠 일그러진 표정이 전화 속 멀어지는 그에게서 느껴졌죠 그와 나 우리는 늘 동의했죠 어떤 상황에서도 사랑은 숭고하느니, 사랑은 모두를 아우르느니, 그래놓고도 이제 와서 부적절하다고, 세상처럼 그를 나무랐습니다 위로받고 싶었을 오랜 친구에게서조차 그는, 어찌해볼 수 없었던 운명을 위로받지 못했죠 그와 한편이 되어주지 못했습니다 전화 속 저쪽 세계는 너무 멀었죠 감당할 수 없게 아득하기만 했죠

2007 서울 홍대 앞, 겨울

쟈니기타 노래방 3호실을 나오면서 자꾸 뒤를 돌아본다 무언가 깜빡 잊고 놓고 나온 듯 그러나 그건 아니지, 너는 벌써 전기 스위치를 꺼버려 3호실은 어두운데 그래도 또 뒤 돌아본다 노래방 3호실의 웃음소리는 멈추었고 너와 나의 신들린 버라이어티도 끝났다 남자는 배 여자는 항구라고 너는 나를 가리켰지 멀리 있는 너의 집게손가락이 너무 아파, 더 이상 순애보는 없어 난 기다리지 않아 갈 테면 가지 왜 돌아보는 거야? 나는 빨간 테의 탬버린을 마구 흔들어주었지 아무렇게나 흐트러진 막춤 몇 다발, 탁자에 쏟은 캔맥주 몇 모금, 벚꽃이 되어버린 팝콘 몇 알, 이제 정말 불 꺼진 3호실 방처럼 사라져 가버리는 걸까? 거짓말처럼? 우리는 여기 이렇게 숨쉬고 오늘을 노래하는데? 거리에 서서 택시가 오기를 기다릴 때도 쟈니기타 노래방 네온사인을 자꾸 돌아본다 만개한 오로라처럼 네온은 붉고 푸르다

목포 1974

밤기차에서 내린
어린 작부는 흐느끼는 눈으로 술을 마셨다
아무도 대작對酌해주지 않는 낡은 선술집
겨울바람만 조심조심 창문 두드리고
술에 몸을 맡긴 작부의 입술에선
철 늦은 코스모스 냄새가 울컥 솟아올랐다
겨울밤은 술잔 속에서 소리죽여 울고
바다는 하얀 맨발의 작부 앞에 술을 따랐다

찢어져 앙상한 비치파라솔은 바다 근처에서 나부끼고
주인 잃고 나뒹구는 녹슨 자전거 하나
하늘은 어린 작부의 블랙진처럼 어두웠지만
눈이 내릴 조짐은 보이지 않았다
저기 저 멀리 등대 불은
작부의 엉덩이에 새겨진
작고 귀여운 노랑나비 문신처럼
깜빡깜빡 숨을 몰아쉬었다
금이 간 선술집 유리창엔 뿌우연 담배 연기
어디선가 아스라이 무적霧笛이 홀로 울고 있었다

육지를 돌아나온 겨울바람 하나가
대만동 선창가에 서서
바다로 떠날 채비를 서두르고 있었고
기다리는 겨울 해일은 오지 않았다
작부는 홀로 술을 마시고 밤은 소리죽여 울었다
바다는 무적소리를 잠재우며 어린 작부를 끌어안았다

일산에는 그녀가 산다

긴 머리를 아무렇게나 꽃핀으로 묶어올리고
그녀는 여전히, 잣나무 숲을 보고 있을까?
"접근하지 마세요"
잣나무를 골똘하게 들여다보던 그녀 옆으로
가스관 매립을 주의하라는 안내문이 쓰여 있었지
철컹, 가슴 한가운데로 철문이 닫히는 소리,

자유로 46.6㎞
이 밤이 다 하도록 달려가도
일산으로 가는 진입로는 보이질 않는다

그녀는 여전히
앙증맞은 딸아이를 안고
물고기 모양 귀걸이를 매달고
잣나무숲을 보고 있을까?

하우스키퍼

토요일 밤 혼자서 집을 지킨다
나는 능숙한 하우스키퍼
저녁 일곱 시, 어김없이 토스트와 커피 들고
카트라이더 게임 속
내 사랑 다오와 행복한 식사를 한다
매트릭스에선 만남도 단순하다
몇 백 번을 만나도 식상하지 않다
나는 다오의 스피드를 타고
Go, Go, 몸을 흔들며 지구별에 도착한다
다오와 나는 사이좋게 루찌를 나누고
꽃비가 터지는 팡파르 속에서
단순하게 헤어진다
다오는 매트릭스로 돌아가고
나는 토요일 밤으로 돌아온다

내 토요일 밤은
프란츠 퍼디난드와 춤추던 밤보다
몇 배 더 기하학적이다

*프란츠 퍼디난드 : 영국 4인조 록그룹.

겨울방학

12월
고즈넉하게 눈이 내린다

쌓이는 눈 위로
귀여운 발자국들, 찍혔다가
어느새 눈 속으로 숨어버린다
— 선생님, 눈이 와요
— 눈싸움해요
— 눈사람 만들어요
아이들 귀여운 이야기가 발자국을 찍는다
속눈썹이 긴 요섭아
종일 손톱을 깨물던 미소야
장수풍뎅이를 들고 학교에 오던 준이야

교실을 나와 운동장에 서본다
까르르 까르르 눈이 오는 소리
눈뭉치 만드는 선유야
눈 던지는 송결아
어느새 꼬마 눈사람 만든 보람아

12월

소담하게 눈이 내려 쌓인다

차이콥스키를 기다리며

세종문화회관 뒤 유리로 지은
음식점 전용 빌딩을 찾아간다
아직 귓전에 남아 있는
차이콥스키 여운을 되새기며
나무들 언덕을 지나
하나은행 무인점포에도 들른다

산책나온 강아지
보호자의 대충 묶어올린 머리
짙은 검은 선글라스
꼭 다문 입
나무 아래를 스쳐지나갈 때
이유없이 기시감既視感이 느껴졌다

차이콥스키를 좋아하는
너는 오지 않았고
너의 속사정을 모르는 나는
언덕길을 자꾸 뒤돌아본다

하나은행 앞에서 잠시 망설이다가

유리빌딩 3층으로 가는 엘리베이터 타고
밥집 6과 1/2 앞에 서서
유리 밖으로 시선을 돌려
멀리서 달려오고 있을지도 모를
너를 기다린다

영광靈光에서

저무는 바닷가
짜고 아픈 바람에
물고기들은 제 살을 말린다
바다와 한 몸이 되어 살던 날의
영광을 말린다
물고기들은 금빛으로 빛나던 살이
쓰라리고 아프다

해는 잠이 들고
빨간 화덕 위 지글거리는
어여쁜 굴비 몇 마리만
모로 누워 바다를 본다
영광이란 어차피 그런 거라고
굴비 두 눈엔 눈물이 가득하다
바다는 말없이
굴비 하얀 속살을 집어
소주잔을 비우고 또 비운다

일별一瞥

설악산 봉정鳳頂을 넘어가는
깎아지른 벼랑 위에서
덜컥 너를 보았다
나는 정점을 내려오는 중이었고
너는 정점을 향한 마지막을
힘들게 오르는 중이었다
손쓸 틈도 없이,
찰나지간에,
너와 나의 안광은 교차하고
주변에 동행은 너무 많았고
살아서 한번은 볼 수 있으리
그랬었는데

설악산이라니
봉정鳳頂이라니
일원상一圓相*은 너와 나를
가두고 말았구나

*둥근 원을 불교에서는 일원상이라고 한다. 선방禪房에서는 흔히 벽에 이 상을 그려놓고 참선을 하는데, 이는 언어가 끊어진 선정에 들기 위해서이다.

cloud room

구름 두께 10㎞,

그 비밀의 방에 비가 내리고, 연둣빛 두 개의 떡잎이 자라고, 두 개의 떡잎은 이파리 무성한 메타세쿼이아가 되고, 메타세쿼이아는 자라 피라미드가 되고,

구름 두께 10㎞
그 비밀의 방에
hey, now now
비가 내리고

유리 같은 여자

누구나
그 여자를
늘 걱정한다

노래하면 울까봐
춤추면 허물어질까봐
술 마시면 누워버릴까봐
말을 하면 신화가 깨질까봐
사람들 속에 있으면 질식할까봐
혼자만 남겨놓으면 사라져버릴까봐

세심하게 봐야만 보이는 우리 곁에, 여자

손톱을 보내며

이 아침,
고단하게만 살아온 손톱 한쪽을 잃었다
손톱이 머물다 떠난 아린 자국 들여다보며
손톱에 내가 보낸 홀대를 떠올리니
뒤늦은 뉘우침으로 마음이 아리다

손톱이 긁어주던 가려운 곳들
손톱이 찢어주던 속시원한 것들
손톱이 뽑아주던 후련한 것들

손톱의 한평생을 더듬어보니
누추하기 그지없었다
딱 한 번 결혼식 날에
분홍색 매니큐어 발라준 것이
손톱에 준 호사의 전부였다

주인의 까다로운 성질머리에도
불평 한번 하지 않고
손톱은 늘 최전방에서
말없이 나에게 순종했다

지금껏 아무렇지도 않게 보여준
나의 무관심 떠올리며
후회해보는 어리석음은
왜 손톱이 떠나간 뒤에야 찾아오는가?

손톱이 머물다간 자리 내려다보며
지금은 경건한 조의를 표한다

사막을 건너는 법

살아가는 갈증 채워지지 않으리라는 것
알면서 시를 쓴다
존재하지도 않는 허상이라는 것
알면서 너를 그리워한다
취할 것도 아니면서
술을 마신다

살아가는 일은
사막을 건너가는 일

밤마다 사막에 나와
'취생몽사醉生夢死'를 마신다
취생몽사는 모든 통증을
잊게 해주는 술

취생몽사는 전설이다
어차피 삶도 전설이 된다

오늘도 사막 한가운데 앉아
취생몽사를 마신다

취생몽사는 사막을 건너는 법을 가르쳐주고
대신 잊어서는 안 될 것도 잊게 한다

처음으로 돌아가기

너와 나 우리는
신뢰 없는 세상 속에 녹아 있다
그래도 우리의 처음은 순수했다
순하디 순했다
민들레였고 제비꽃이었다
너와 나 우리는
지금은 속으면서 속이지만
그래서 누가 참인지 연기演技인지
꿰뚫어볼 수 없는 채로
어딘지 모를 곳으로
정처없이 떠밀려가고는 있지만
지금, 너와 나의 간절함은
처음 그때 그 자리로
다시 한번 가보고 싶다는 것이다

누군들 그러지 않았으랴

누군들 자기의 삶이 얼마나 사랑스러우랴
그래서 홀로이 눈물짓지 않았으랴
누군들 자기의 존재가치가 희미하게 지워지기를 원하랴
그래서 홀로이 강가를 배회한 적 없었으랴
누군들 상실의 쓰라린 가슴을 경험하고 싶었으랴
그래서 홀로이 취해본 적 없었으랴
그래서, 누군들
바람 되어 구름 되어 떠나보고 싶었던 적 없었으랴

누군들 하늘이 하는 처사가 섭섭한 적 없었으랴
그래서 미친 척 하늘 향해 주먹질해댄 적 없었으랴
누군들 잡힐 듯 잡히지 않는
이상한 그리움에 가슴 저린 적 없었으랴
그래도 외면하고 바보인 양 숨죽이며 살아온 적 없었으랴

사람의 일이 곧 하늘의 일이라
비 오고 바람 불고 눈보라치고
그래도 우리는 순하디순하게
오늘도 걸어간다

오리엔탈 레스토랑에서

창밖 바로 너머엔
드물게 보는 하얀 민들레가
화살촉 모양 잎사귀 위로 피어 있었다
줄지어 선 메타세쿼이아 나무들,
끝은 보이지 않았고
미처 빠져나가지 못한 꼬리연 하나가
상한 몸을 뒤척이며
메타세쿼이아 가지들 사이에 붙잡혀
거친 숨을 몰아쉬고 있었다
오랫동안 메타세쿼이아를 바라보니
누렇게 된 잎사귀가 아기새의 깃털처럼
가볍게 땅에 내려앉았고
그 옆으로 황금색 포메라니안이
동그란 꼬리를 흔들며 걸어가고 있었다
등에 검은 줄이 있는 포메라니안은
자주자주 보호자를 올려다보았다
보호자는 키가 큰 청년
걸을 때마다 긴 생머리가 출렁거렸다
호수에 서린 인공 무지개를
아무도 눈여겨보지 않았고

롤러블레이드를 탄 소년은
영화의 장면처럼 급히 지나갔다
호수는 그림 속 세상처럼 고요하였다
공원도 소리를 켜지 않은 티비처럼
적막하였다

나는 내일이면 일산을 떠날 것이었다

이해되지 않는 것

당신은
바람 불면 울이 되어주었지
비 내리면 동굴처럼 편안했지
칭얼대면 달래주었지
원하는 건 모두 들어주었지
그래 항상 내가 나쁘지
그런데 내 마음속에선
왜 당신이 이리도 얄미울까?

3부

碧松寺 두 그루 소나무

젊고 멋진 한 남자가 지리산을 오르고 있었다 아름다운 한 여자가 울먹이며 남자 뒤를 좇아가고 있었다 남자는 단 한 번도 걸음을 늦추지 않았고 여자는 단 한 번도 지치지 않았다 끝내 남자는 산사에 다다랐고 도인이 되었다 여자는 끝끝내 남자 곁을 떠나지 않고 머물렀다

지리산 벽송사에 가시거든, 하늘을 뚫을 듯 멋진 도인송과 도인송에 몸을 구부린 채 힘겨운, 미인송을 꼭 만나보시길

이 모두가 사람의 일이라 가슴이 먹먹하더이다

소묘素描

하얀 안개와
버들가지와
떨리는 물결과
부리가 작은 새 두 마리와
한 남자와
두리번거리는 발자국과
기울어진 모자와
기다리는 마음과
미안한 마음과

풍경風磬

물고기가 운다
꼬리에 세모 모양 굵은 주름 파여
날아가지 못한다

물고기가 울지 않을 때는 바람이 운다
솜털구름과 하얀 낮달 사이에서
갈참나무와 은사시나무 사이에서
산의 옆구리를 따라가며
지대방 문을 긁으며
운다

지난 봄엔
허공에 걸린
물고기 울음이
창공에 매달린 빗소리라고
빗소리는 갈망이라고
짧게
시를 썼었다

시 쓰는 서울촌놈

서울 가면
서울 같은 매끈한 시 쓰는 줄 알았지
서울 가면
거울 같은 정직한 시 쓰는 줄 알았지
서울 살면
서울 같은 두려운 시 쓰는 줄 알았지

그러다가 눈이 내리면
서울 베짱이는
그대로 앉아 굶어 죽어버리는 줄 알았지
슬픈 언어로 얄미운 개미에게 빵을 바꾸며
목숨 이어가는 줄 몰랐지
꿈에도 몰랐지

서울도 별것은 없더라

12월
희뿌연 새벽이면
서울에도
산은 숨죽여 울고 강은 쩡쩡 얼어붙더라

서울 가면 무작정
서울 같은 폼나는 시 쓰게 되는 줄 알았지
폼나는 그 이름으로 언제까지고
살아남아 있게 되는 줄 알았지

시 쓰는 허수아비의 고백

여섯 살, 처음 만난 깃털구름에 대하여
고사리손 잡아주던 조팝나무꽃에 대하여
앞강 메우던 물안개에 대하여
가랑비 속에서 살짝 눈물 머금던 두견화에 대하여
말해보고 싶었어요

차라리 어른이 되지 말 걸 그랬어요

초록 고추 애벌레랑
하얀 낮달이랑
물방개랑
물땡땡이랑
앞 시냇가에서 물장구치고 꼬무락거리며
한세상 그렇게
살고 말 걸 그랬어요

그대 만나 그대가 된다

비는 바다로 가기 위해 산다
가는 길에
댓잎 만나면 댓잎이 되고
목련 만나면 목련이 된다
소沼에 닿으면 흐르지 않는 소리가 되고
폭포 만나면 폭포가 되고
강에 가면 사내아이 웃음소리가 된다

쓰다가 둔 원고지 위로 빗소리가 흐른다
뜰 앞 명상에 잠긴 목련이 뚝뚝뚝 빗소리 흘린다
벗어놓은 안경은 4월 아침을 기억하려고 빗소리 새긴다

비는 모두 바다에 가기 위해 산다
가는 길에
초록 애벌레 만나 초록 애벌레가 되고
가재 만나 가재가 되고
제비 만나 제비가 된다
4월의 시인을 만나 지지 않는 목련꽃이 된다

살아 있는 모든 것은
그대 만나 그대가 된다

마고 여신

지리산에 가면
천왕봉에 가야 해요
천왕봉에 가면
그 아래 법계사에 들러야 해요
법계사에 들르면
꼭 산신각에 가야 하는 거
잊지 마세요
산신각 탱화 속에
마고 여신이 살고 계시거든요
마고 여신 앞에
앉게 되거든
세상사 시름일랑
이제 그만 내려놓고
잠시만 눈 감고 앉아 계세요
그 순간 어디선가 풍경 소리가
가만가만 다가올 거예요
이내 마고 여신이
말씀을 건넬 거예요
그러면 그분과
마음속 이야기 나누시면 돼요

만일 마고 여신의
자비로운 음성이
당신 가슴에서
울리지 않는다면
당신은 아마
혼백 떠난 껍데기일 게 분명해요

견사 머플러

누에가 사는 행랑채 끝방에선 언제나 빗소리가 들렸다
길고 가느다란 여러 가닥 비단 줄기
오색 무지개 닮은 잡히지 않는 가랑비 소리가
어린 나를 그 외딴 방으로 유인했다
이 소리를 들어봐
잡힐 듯 잡히지 않던 그 소리 따라가다 잠이 들면
잠 속에서도 가랑가랑 가늘고 긴 오색 견사로 된
비가 내 몸 휘감았다

내 얼굴보다 커다란 뽕잎 손에 들고
뽕잎에 하얀 누에 앉히고
누에의 까만 두 눈에 내 눈 고정하면
나는 누에가 된 것처럼 편안했다

누에는 뽕을 먹으며 왜 그렇게 우는 거야?
어린 내가 어린 나에게 물었고
고치를 짓고 나비가 되는 것이 슬픈 일일까?
어린 내가 어린 나에게 대답했었지

오늘, 눈부신 견사 머플러를 목에 두르다가 문득

누에가 그립다
섶[蠶蔟]에 올라앉아 숙명처럼 고치를 짓던
누에의 까만 두 눈이 그립다

빈자리

너는 떠나고
네가 앉아 있던 의자에
내가 앉아본다
아직 남아 있는 너의 체온은
아프도록 따스하고.

의자에 비스듬히 앉아 발 흔들며
흥얼거리던 나지막한 너의 콧노래를
지금 나도 따라부를 수 있는데

예고 없이
비가 내렸던가?

초저녁에 너는
가지런한 머리카락에
빗방울 몇 알 달고
내게 왔었다

좀 더 있다가 가면 안 되겠니?
내가 말했고

아니 너무 오래 있었어
너는 말했다

비는 멎었고
분홍 우산을 남겨둔 채로
너는 돌아갔다

네가 앉았던 의자에
너처럼 앉아
낮은 콧노래 불러본다
의자는 아직 따뜻한데

쿠바에서

바다는 용광로처럼 뜨거웠다

젊은 여자 하나가 남루한 건물
흰 벽에 기대어 서서
바다를 지그시 들여다보며
시가cigar를 태우고 있었다
시가 연기는 다족류 문신을 허공에 그렸다가
잠시 후 사라져갔다

바다 곁을 돌아
'브에나비스타 소셜클럽'에 가면
일흔일곱 살 '이브라힘'이
모든 외로움을 어루만지는 목소리로
'침묵'을 노래했다

체 게바라 초상화는 회백색
벽 위에서 반쯤 뜯겨져 펄럭였고
그래서 '침묵'의 무게가 더욱 무겁게
느껴졌다

경사진 길을 올라갈 때,
낯익은 구릿빛 여성, 시선이 포개졌다
어디서 만났을까?
한참을 걸어가다 뒤돌아 다시 본다
고갱의 그림이었다

바다 곁으로 휘어진 J자 모양 골목을 돌아나올 때,
쿠바 사람들이
바다를 끌어안거나
바다를 밀어내거나
하는 모든 힘이
용광로임을 본능으로 알아챘다

달팽이 2

세상으로부터 돌아옵니다
한때는 사람들 속에
섞이고 싶었던 적 있었지요
이제는 돌아옵니다
사람과 사람,
촘촘한 그물 속에서
혼자일 때보다
훨씬 고독하다는 것
알았기 때문입니다
세상을 알고 싶어
껍데기 밖으로 내밀었던 머리를
이제 다시 밀어넣고 맙니다

겨울 오후, 1999

창덕궁 골목길 천천히 걸어갔다
길가에 주차한 차창에 내 얼굴이 낯설게 비추었다
바람에 나풀대던 긴 청록색 머플러가 조금 세게 휘날렸다
첫눈이 오려는지 회색빛 허공이 무겁게 머리를 짓눌렀다
연암다원 입구에 서서 창덕궁이 그려주는 스카이라인을
오랫동안 바라다보았다
청록색 머플러가 다시 나풀거렸다
고궁 뜰에 서 있는 느티나무 꼭대기에 꽁지가 긴 새가
하얀 트렌치코트 입은 여자를 오랫동안 지켜보고 있었다

지하도 입구에서

타지 않고 보낸 지하철
그 입구를 돌아나오면
파란 오후가
눈부시게 허공에 걸려 있다
하늘을 나는 저 이름 모를 새도
혼자서 허공을 맘대로
날아다니며 자유를 살아간다

서정적인 연인들이 손을 잡고
지하도로 내려간다
저들은 지하철 타고
약속의 공간으로 직진할 것이다

나는 지하도를 돌아나와
미지의 세상을 꿈꾼다
사랑은, 황폐한 세상을
살아가는 데 아무런 의지도
되지 못한다
사랑은 언제나
처음 와보는 낯선 구역처럼
나를 통제하고 제어한다

담쟁이

작은 손이
담벼락 움켜쥐고
숨 몰아쉬며 기어오른다
내려다보면 아찔하여 겁이 난다

봄 한철을 저렇게 성실했다
여름 한철도 저렇게 성실했다

위로 기어오른다는 것은 얼마나 위태로운가
붉은 벽돌담이 투박한 손을 내밀어
담쟁이 작은 손을 잡아주었다
그렇게 성실하게 담쟁이 작은 손은 쉬지 않았다

어느 뜨겁던 여름날, 벽돌담은 알았다
제 몸이 담쟁이 바다가 되어 물결치는 것을
바람이 불어올 때마다
제 몸이 처음 느껴보는 환희로 출렁거리고 있음을
물고기 떼들이 벽돌담의 품에 안겨
알을 낳고 새끼를 기르며 살아가고 있다는 것을

무등산

달빛 아래
억새들도 울음 울었으리
소리죽인 눈물 하도 아파
두견새마저 멀리 날아갔으리
그 자리에 두견화는 서럽게 피었으리
또 지고 말았으리

무등이여
이름 버린 봉우리들이여
살다 만 꽃들이여
노래여

달빛 아래
두견화도 울음 울었으리
서로 보듬은 멍 하도 아파
골짜기 바람도 울다 갔으리
그 자리에 꽃들은 여린 몸을 뉘었으리
오월의 꽃을 받아안고
산도 누웠으리

신기루

누구인지, 그 사람, 알 수 없는 사람이,
내 가슴 속에, 저 깊은 곳에, 변함없이,
살고 있다고 믿었었는데,
오늘은, 알 수 없게도,
가슴에 쓸쓸한 바람이 일며,
퀭하게 느껴지네요
누군가를, 알 수 없는 그 사람을,
잊어서는 안 될 그 사람을,
잊지 않았다고, 아직은 잊을 수 없다고,
믿었었는데,
지금, 그 사람은
원래부터 없었던, 무엇처럼
실제로는 존재하지도 않았던
무엇처럼,
내 가슴 갈기갈기 후벼파내요

오늘도

아침에 눈 뜨면
2.8kg 귀여운 아이
까롱이 꼬옥 안고
자고 있었다는 것
알게 되죠
지난 밤 엄마 이불 속으로
꼬물거리며 들어오던
아이 안아주다가
그대로 아침이 되었음을
알게 되죠

오늘도 회사에
지각하고 말았네요

가버린 것들에 대하여

너를 한번은 보고 싶다는 간절함에
가끔 가슴이 아려온 적이 있었지
나에게 문득 찾아오는 아득한 그리움의 실체가
너든, 아니면 너를 통해서 아프게라도
돌아가보고 싶어지는 쓸쓸하기만 하던
청춘의 한 페이지이건 상관없어

망각 속으로 묻어버린 기억을 이제 와서
꺼내보려하는 건, 오늘이 또다시 내일의
쓸쓸한 기억이 되려하기 때문인지는 몰라

관념의 무게만으로, 실재하는 것들의 무게를
이겨보려 하던, 그 시절이 못내 그리워서
한번은 돌아가보고 싶어서

그리움의 한가운데서
쓸쓸히 나를 지켜보는 누구인가,
너를 보고 싶은 거야

서른아홉 살

이제는 보여요
우리 살아가는 이유
순간순간 날마다 찾아들던
혼란스럽던 번민
이제 납득할 수 있어요
우리 젊음에
갈피없이 치열하던
내출혈의 강이 흐르지 않았다면
당신과 나
인형과 무엇이 다르겠이요?
당신보다 낮아져서
당신 아래로만 흐르고 싶어지는 마음
아마 혼란스럽던
젊은 날의 결과일 거예요
이제는 무엇에도 흔들리지 않게 되었네요
마음속 욕망,
그 혼란이 사라진 만큼
꼭 그만큼
자신이 흔들리지 않는다는 것을
알게 되었네요
이제는 알게 되었네요

타인들

덕수궁 돌담길 느리게 걸어갔다
깊은 잿빛 허공 속으로
은행잎 우수수 떨어졌다
하늘은 깊게 파였고
거리는
은행잎들이
노란 물결 되어
밀려왔다가 밀려갔다
나는 잠시 발길 멈추고
까닭 모르게 눈시울 적셨다
왜 그래? 아직 소녀인가?
그가 말했고
나는 고개를 저었다
우리는 정동성당 너머까지
아무 말 없이 걸어갔다
그리고
건너편 찻집에서
서로 다른 이름의 차를 몇 모금 마셨다

4부

천년동백千年冬栢

종갓집 마당에는 동백꽃이 피어 있었네 현기증 나는 그 빨강, 할머니는 스물넷에 혼자가 되어 하루를 천 년같이 동백꽃 곁에서 누군가를 기다렸네 나는 할머니 곁에 앉아 동백이 피는 것을 지는 것을 속절없이 보아야만 했네 할머니는 하루를 천 년같이 동백이 피면 기다리던 그 사람이 돌아온다고 믿었을까? 꽃은 모두 가면假面이 아닐까? 지고 나면 그뿐인, 꽃은 모두 헛된 꿈이 아닐까? 꽃이 진 자리엔 절망만이 나뒹구는, 동백은 지고 흙이 되고 흙은 잠시 동백꽃물로 물들다가 마는, 할머니의 기다림은 속절없이 지고 말았을 뿐

보라색 사루비아

보름달 뜨면 꽃 보러 보라색 사루비아 밭에 갔다
아무도 오지 않는 달빛 아래서 나는 좋았다
무작정 보라색이 좋았다
선명한 것만을 찾아가는 너였더라도, 그랬을 것이다
달빛 아래 끝도 없이 사루비아가 피어 있었다
보라색이 나울나울 울고 있었다
이유 없이 우울한,
작고도 작은 날개로 꽃들은 흐느적 숨죽여 울었다

달이 뜨면 보라색 꽃을 보러 사루비아 밭에 갔다
달빛을 타고 밤새도록 나울거리는
부적응의 보라색 꽃을 보러 사루비아 밭에 갔다

다정多情

홀로이 허공에 앉아
삼매三昧의 집을 지어도

마음에 한 점 꽃으로 남은 너
다정은 억겁億劫을 살아온
업業의 무게인가

다시 태어나 너를 취取해도
오늘처럼 설레런가

한없이 가벼운, 너
소쇄掃灑한 붓 한 자루

그림자

박새가 감나무에 앉아 울고 있었다
새는 푸른 소리로 울었고
그림자는 검은 부리로 울고 있었다
감나무는 얌전히 가지를 늘어뜨려주었다

새를 바라보는 나와
울고 있는 내 그림자를
새는 읽어내고 있었다

숨찬 바람소리에
감나무는 더욱 힘을 빼고
가지를 아래로 좀 더 수그러뜨려주었다

새는 작은 몸으로
바람의 존재를 밀어내고 있었다
바람은 우는 새의 무게를 참아내고 있었다
그럴수록 감나무는 따뜻하게 새를 다독거려주었다

새의 그림자가 내게 말했다
보이지 않는 것도 보여줄 수 있다고,

새는 소리내지 않고 울었고
새의 그림자는 하늘 멀리까지 날아갔다

감나무는 더욱 아래로 가지를 늘어뜨려주었다

필연必然

산 아래
꽃은 피었으리

꽃은 소리 없이
지고 말았으리

강물은 두 손으로
떨어지는 꽃잎을
받아안고 흘러갔으리

매미가 울고 있었다

깜짝 놀라 뒤돌아보았다
느티나무 줄기 균열들이 일제히 소리내 울고 있었다

뿌리치지 말아주세요
제 손을 잡아주세요
제 말을 들어주세요
가지들이 떼지어 울고 있었다

저렇게 간절한 아우성을 나는
이제까지 듣지 못했다

나무들이 하루 종일 뜨겁게 울고 있었다

저 아우성을 나는 지금껏 눈여겨 듣지 않았다

The Boxer

한 송이 꽃이 되고 싶었는데
벌거숭이 늑대가 되었다
불을 붙이면 내 눈은 용광로가 되었다
아무도 성난 나를 말리지 못했다

언젠가 링 옆 아나운서가
내 눈에 번쩍이는 광기가 들어 있다고
아는 체를 하기에
잽싸게 달려가서 레프트 훅을 날려주었다
아나운서는 멀쩡한데
링 위에 잠시 피어나 나를 보살피는
내 꽃들만 내가 가엾어서 울어주었다
잽을 날릴 때마다, 날아올 때마다
꽃들은 속이 타서 울어주었다

— 눕혀, 때려눕혀
— 빠지고 빠지고
— 날려 날려 끝내버려

잽을 뻗고 또 뻗어본다

왠지 눈이 잘 떠지지 않는다
— 엄마, 내 꿈은 어디 있는 거야?
마침내 나는 링 위에 쓰러진 한 송이 꽃이 되었다

초록에 말 걸기

오후로 접어들자
집 근처 정암수목원으로 갔다
나처럼 안구건조증에 시달리는 듯한,
낯선 사람 몇몇이
수목 아래 벤치에 앉아
핸드폰을 보고 있었다
어쩌면 낯선 사람들은
밝은 눈을 가진
정상적인 사람들일지도 몰랐다

거대한 수목들이 일제히 허리 굽히고
엄지와 검지로 내 눈을
까보면서 소리쳤다
눈이 뻑뻑하다고?

눈은 뻑뻑하고 껄끄럽고 쑤시고 왠지 불편함
입은 마르고 입맛은 커피처럼 쓰고 식욕은 없음
나머지 감각도 모두 가출 상태임
하루 종일 컴퓨터에 시달리면 이런 증상이 옴

수목들이 가차없이 내 눈을 점령하였다
초록이, 초록이, 초록이
내 눈 안으로 폭포처럼 쏟아졌다
내 오감을 찬란한 초록이 점령하였다

불로수不老樹

우리 중
아무도 나무의 나이를 짐작하지 못했다
바다를 내려다보며 유달산 중턱에
나무는 서 있었다
여고생이었던 우리는
그 나무를 껴안기도 하고
올라가기도 하며
사진도 찍고 나무 아래서
놀곤 하였었다

오랜 세월이 흐르고
나무 아래 놀던 친구들도
하나둘씩 세상과 이별하였다
고향에 돌아온 나는
노구老軀를 이끌고
나무를 찾아가 보았다

나무는 초록이 무성한
그 모습 그대로
청년처럼

나를 뜨겁게 맞아주었다
이제는 내가 나무를 껴안는 것이 아니라
나무가 나를 품에 꼬옥 안아주었다

이제 나무는
이미 목신木神이었다

아무것도 해줄 수가 없었어요

그녀가 오늘 세상을 떠났습니다
우리는 남았지만
그녀에게 아무것도 해줄 수가 없었습니다

그녀는 버거운 운명과 싸우더니
이내 운명의 칼날 아래 무릎 꿇더니
막상 떠나려하는 그녀
무척 편안해 보였습니다
그녀는 서른아홉 살
강아지리도 좋으니
살아 있고 싶어
몇 달 전 그녀가 그랬죠
누구나 한번은 죽는 거야
이제는 그녀가 그러는 겁니다
나, 세상을 참 좋아했는데
그녀가 그러는 겁니다

모든 게 그대로이고
시간만 정지했으면 하고
내가 속으로 허망하게 말해봅니다

바위가 굴러가듯
눈물 한 알 굴러떨어지네요
눈물의 소리가 안 들리네요
눈물의 무게도 안 느껴지네요
우리는 아무것도
해줄 수 없는 채로
그녀를 그렇게 보냈습니다

학鶴을 그리워하며

백화점 주차장에
한 남자가 한쪽 다리를 벽에 올리고
나머지 한쪽 다리로 기묘하게 서서
등은 벽에다 대고 두 손은 뒤로 모으고
사색에 잠겨 있었다
체격은 우람했는데 묘하게도 그에게
고상한 기품이 서려 있었다
물가에 서 있는
한 마리 학을 연상시켰다
그래
천 리를 가도 꼭 제 집에서
잠을 자기 위해 온 밤을 날아온다는
그 고결한 새
왜 이다지도 이 도시에서는
그 학 같은 남자가 그리워질까?
나는 한참을 그 기묘한 남자를 들여다보다가
뒤에 따라오는 드라이버에게
빵빵빵 혼이 나고 말았다
백미러로 흘끔 보니 내 뒤엔
한 남자가 운전석에 앉아

한심한 여자를 노려본다

어쩌다 그 백화점에 갈 때면
남자가 서 있던 벽을
물끄러미 바라본다
그는 사라졌지만 그의 향기는
혹시 남아 있지 않을까? 하는
막연함으로

세모歲暮 지나가기

너와 나
설명할 수조차 없는 막연한
불안으로 우울하다
시간은 녹슬지 않는데
반짝반짝 빛나며 흘러가는데
무시무종無始無終 살아 있는데
흥분하여 오히려
안절부절못하는 것은
우리다

제야의 이 밤
거리에, 사람들은 밤을 잊었다
너와 나 우리는
강변 불꽃놀이에 빨려들고
파라다이스 스카이라운지에서
지독한 술에 취해 간다
술 때문인가? 아닌가?
공포에 영혼을 팔아버린 표정으로
목을 조르는 시간의
노예계약에 사인을 한다

아무것도 달라진 것은 없다
달라진 것은 아무것도 없다

술이 깨고 있는 건가?
나의 시간은 누추하지도 않고
눈부시지도 않다고 해오解悟한다

새해가 오면 안심이 될까?
파도는 다시 일렁거리지 않고
잠잠해질까?

인간이 아름다운 것은

인간이 아름다운 것은
자기 광기狂氣를 제어할 수 있기 때문이다
인간이 아름다운 것은
체념해야 할 것은 체념할 줄 알기 때문이다
인간이 아름다운 것은
삼키고 또 삼킬 줄 알기 때문이다
그러고도 또
인간이 아름다운 것은
눈물 흘려야 할 바로 그 순간에
눈물 흘릴 줄 알기 때문이다

지금 당신을 괴롭히고 있는
못마땅한 당신 자신을
위에 대입하면
더욱 선명하게
인간의 아름다움이 보일 것이다

봄날

기다리는 너는 오지 않고
문이 열릴 때마다
민들레 꽃씨만 날아든다

거짓말 본색

취하지 않고도 살 수 있기에
술을 잊었다고 내가 말한다면 거짓말
술을 잊은 후로는 누군가를 씹는 게
참 재미없더라고 내가 말한다면 거짓말
누군가를 씹지 않으니까
미워하고 싶지도 않게 되더라고
내가 말한다면 거짓말

결혼 후 단 한번도 다른 사람을
마음에 품어본 직 없다고
내가 말한다면 거짓말
주변에 사랑스러운 남자를
무관심으로 일관했다고
내가 말한다면 거짓말

까짓거 별 볼일도 없는 세상
돈에 사랑에 연연하지 말고
초야로 돌아가 나물밥에 물 마시며
살고 싶다고 내가 말한다면
그건 아직 조금 설익은 거짓말

그래서 하는 말인데
착한 몽상가를 만나면
꽃과 나무와 이야기 나눈다고
내가 말한다면
그건 좀 귀엽고 간지러운 거짓말

내가 거짓말이라고 고백한
이 모든 거짓말은 사실인즉
거짓말이 아니었으면 좋겠고
당신도 당연히 그럴 거라고
이 글을 읽는 동안은 믿었겠지만
미안하게도 거짓말이라고 말해버린
이 고백도 사실은 거짓말
그래서 나는 이유도 모르는 채로
무조건 당신께 미안하다

나무 아래 명상

가만히 들여다보면
셀 수 없는 많은 여린 잎사귀들이
서로 다치지 않으려고
다치게 하지 않으려고
애쓰며 살아가고 있네

서로 타인의 세상을
흔들지 않으려고
흔들리게 하지도 않으려고
잎사귀들이
다른 잎사귀 뒤로 몸을 숨기기도 하고
다른 잎사귀를 가려주기도 하면서
서로의 세상을 이끌어주며 살아가고 있네

어느 여름날,
지나가던 바람이 나무를 흔들어
여린 잎사귀들이 견디지 못해 떨어져도
나무는, 잎사귀들은
소리내 울지 않네
또다시 바람이 나무를 흔들어도

나무는, 잎사귀들은
그저 말하네
"바람아, 나를 밟고 지나가렴"

별다른 수가 없지

밤이 되면 내일을 기다리지
내일은 그냥 내일일 뿐이라는 거
달리 특별한 새로움이 없다는 거
달리 뾰족한 변화는 없다는 거
이제는 터득했는데도
또 내일을 기다리지

낮 동안 내가 한 일은
어제도 했던 일이고
그저께도 했던 일이고
날마다 어김없이 했던 일이지

우리는 태어나서
그 자리에서 빙빙 돌다가
어디로 가는 것일까?

사는 일이 크게 재미있는 건 아니네
물에는 물의 즐거움이 있고
돌에는 돌의 즐거움이 있다고
장자가 말했다고?

글쎄?
아직 나는 어른 되기는 먼 것인가?
장자가 다시 살아온다고 해도
이 알 수 없는 권태로움
무덤덤함은
어찌해볼 수 없을 거 같은데?

연어가 전하는 말

왔던 길을 다시
돌아가기가 쉽지는 않았다
돌아가야겠다고 결심하기도
쉽지 않았다
그래서 더욱 독하게 돌아온다
좋았던 바다가
자꾸만 뒤돌아보게 한다
순간순간 변화무쌍해서
더욱 좋았던 바다가
자꾸만 다시 유혹한다
나를 놓아주려하지 않는다

그래서 더욱,
이별의 잔인한 힘으로 돌아온다

양파

어머니는 양파를 다지며 눈물 흘렸다
어리던 날엔 어머니를 이해할 수 없었다
오늘은 양파를 다지며 내가 운다
양파의 진한 매운맛에 하던 칼질을 멈추고
소리없이 눈물 닦는다
산다는 것이 녹록지 않은 것인가?
꼭꼭 숨겨두고 참아내던 슬픔이
껍질을 한 겹 한 겹 벗고
나를 역공격하는 것인가?
독한 것이 나를 서럽게 울린다

숙명

유령거미가 허공에 집을 짓는다 언뜻 보면, 허공에 문신 새기는 듯, 설치미술 작품 만드는 듯. 그러나 실제는 잔인한 방법으로 타자他者를 속이고 타자의 삶을 종식시키려는 악마의 속셈이다 거미가 할 수 있는 일은 아무것도 없다 거미는 그저 자신에게 내려진 형벌을 감내하며 눈물로 실을 만들어 토해내고 있을지도 모른다 소멸하는 순간까지 거미는 허공에 집을 짓고 허물기를 반복할 것이다

돌아왔지만 돌아오지 않은, 거기 있지만 존재하지 않은

김정수/ 시인

김미성 시인의 두 번째 시집 『괜찮아 괜찮아 괜찮아』가 첫 시집 『모든 길이 내게로 왔다』 이후 16년 만에 세상에 나왔다. 16년이라는 물리적 시간도 함부로 규정할 수 없을 만큼 길고 소중하지만, 그 세월 동안 문장을 갈고닦은 시인의 노고와 숙성된 시편들이 시집에 잘 정제되어 스며들었다.

첫 시집 두 번째에 놓인 시 「귀歸」의 '돌아갈 귀歸'가 상징하듯, 삶이 시작된 지점에서 벗어나 생활하다가 어느 시점, 어느 동기로 인하여 돌아가려 하거나 이미 돌아가 자신의 삶을 돌아보고 있다면 두 번째 시집은 스스로에게 위로를 건네며 여유 있게 주위를 돌아보는 한결 성숙한 면모를 보여준다.

귀歸는 단순한 귀향이 아니라 '나'로 돌아오는, 즉 내 밖에 머물던 나를 내 안에서 찾는 철학적 의미를 담고 있다. "사람과 사람,/ 촘촘한 그물 속에서"(「달팽이 2」) 찾는 '나'는 오히려 '고독한 나'를 확인하는 소중한 시간이다. 나를 비롯한 사람에 관한 관심도 차츰 자연과 자연 속에 사는 사물로 이동한다. 이성혁 문학평론가는 이를 "세계는 시인의 포착 대상이 아니라 시인과 접촉하고 교통하는 몸으로 나타난다"(첫 시집 '해설')고 했다. 나로 돌아왔다는 것은 나를 찾는 행위의 완성이 아니라 현재진행형이라는 의미다.

시인은 끊임없이 세상을 떠돌며 사물과 대화하고, 사람과의 관계를 돌아보고 나를 돌아본다. 시집에 많은 공간과 사람이 등장하는 이유다. 공간에 든 시인은 한 걸음 뒤로 물러나 사람과 사물을 관찰한다. 사물이나 상황에 관여하더라도 깊이 개입하지 않고 관찰자로서 묘사한다. 이는 첫 시집부터 이어온 김미성 특유의 시작법詩作法이라 할 수 있다.

김미성 시의 기저에는 "삶이 주는 해오解悟 같은 빛이 드문드문 또는 그럭저럭 마음 깊은 곳에 드나"('시인의 말')든 "화엄의 세상"(「통영에서」)이나 "묘법妙法"(「멋쟁이 나비 애벌레」), "열락悅樂"(「명자꽃, 비에 흘러가다」) 등의 불가의 가르침이 면면히 흐른다. 시인은 사물과 현상을 무리 없이 서로 받아들이고, 사람과 사람, 사물과 사물, 현상과 현상이 서로 대립하지 않도록 융합을 시도한다. 이런 시적 세계는 존재론적 귀속을 열망하는 초월적·근원적 시간에 얽매이거나 강요하지 않고, 은근하고 부드럽게 틈입하도록 유도한다.

이런 틈입은 '말 걸기'로부터 시작된다. 시 「봄비에 말 걸기」에서 보듯, 시인이 말을 거는 행위는 "나의 간절함"과 "철저하게 타인"임을 인식하는 것에서 비롯된다. 나와 타인의 간극에는 시詩가 존재하는데, 쓰는 행위는 간절함을 수

반하고, 읽는 행위는 간절함에 말을 거는 것과 다름없다. "타인이어선 안 된다"는 말은 시를 쓰고 읽는 자체가 우연이 아닌 필연이라는 것과 다름없다. 쓰는 지점과 읽는 지점은 상이하지만, 시를 중심으로 좌우에 시인과 독자가 서로 밀접하게 연결되어 있다.

시를 매개로 연결된 단순한 관계처럼, 어떠한 연관이 없는 것처럼 보이지만 실제로는 우연이 아닌 비非인과적 법칙이 작용한다. 또한 인因과 연緣, 즉 시인이 시를 쓸 때 그 시 자체를 인因, 독자가 그 시를 읽어줌으로써 시작詩作을 자극하는 조건을 연緣으로 본다면 개별적이 아닌 필연적 인과관계라 할 수 있다. 시를 매개로 한 관계뿐 아니라 사물과의 관계에서도 시인은 '말 걸기'를 통해 대상을 객관화하고 있다.

> 누군가의 시를 읽는다는 것은
> 그의 간절한 가슴에 대고
> 턱턱턱 노크를 해대는 것이다
> 막무가내로 말을 건네는 것이다
> 그 누군가가
> 제발 타인이어선 안 된다고
> 안달을 부리는 것이다

—「봄비에 말 걸기」

> 거대한 수목들이 일제히 허리 굽히고
> 엄지와 검지로 내 눈을

까보면서 소리쳤다
눈이 뻑뻑하다고?

눈은 뻑뻑하고 껄끄럽고 쑤시고 왠지 불편함
입은 마르고 입맛은 커피처럼 쓰고 식욕은 없음
나머지 감각도 모두 가출 상태임
하루 종일 컴퓨터에 시달리면 이런 증상이 옴

수목들이 가차없이 내 눈을 점령하였다
초록이, 초록이, 초록이
내 눈 안으로 폭포처럼 쏟아졌다
내 오감을 찬란한 초록이 점령하였다

—「초록에 말 걸기」 부분

시 「봄비에 말 걸기」는 공들여 쓴 시가 외면받는 상황을 '봄비'라는 사물에 하소연하듯 풀어놓고 있다. 시 쓰기는 추운 겨울을 견디는 인고의 세월이고, 그 시를 읽어주는 건 가문 대지에 내리는 봄비와 다름없다. 꼭 필요한 때 알맞게 오는 단비다. 하지만 비는 인간의 간절함과는 관련이 없다. 비와 인간의 관계는 쌍방이 아닌 일방이다. 영원한 타인이다. 시인과 독자의 관계도 이와 다르지 않다. 시를 쓰는 것은 내 의지지만, 그 시를 읽는 독자의 마음은 내 의지대로 되는 게 아니다. 누군가의 시를 읽는 것 또한 "막무가내로 말을 건네는 것"이다. 단비가 내리기를 간절히 바라는 만큼 누군가 내 시를 읽어주었으면 하는 마음 또한 간절하다. '안달' 이전의 말은 '치열'이다.

두 번째 인용시 「초록에 말 걸기」는 지나친 휴대전화와 컴퓨터 등 전자기기 사용으로 안구건조증에 걸린 내가 수목원 초록으로 몸과 마음이 편안해지는 것을 시화詩化했다. 눈이 따끔거리며 모래가 들어간 것 같은 이물감이 대표 증상인 안구건조증은 눈물이 지나치게 증발하거나 부족해 생기는 질환이다. 수목원에는 "낯선 사람 몇몇"이 벤치에 앉아 휴대전화를 보고 있다. 산책하는 시간만큼은 휴대전화를 내려놨으면 좋겠다는 생각에 안타깝다. 그 순간 "거대한 수목들 일제히" 말을 걸어온다. 상상일 수도, 환상일 수도 있다. 보이지 않지만 볼 수 있는, 볼 수 있지만 보이지 않은 역설이 작용한다. 감각적 이성과 이성적 감각이 공감각적 상황을 연출한다. "가차없이 내 눈을 점령"한 초록이 "폭포처럼" 내 눈으로 쏟아져 들어온다. 오감을 점령한 "찬란한 초록", 시인에게 자연을 몸에 들이는 건 마음의 평안을 넘어 자연과 합일에 이르는 일이다.

산 아래
꽃은 피었으리

꽃은 소리 없이
지고 말았으리

강물은 두 손으로

떨어지는 꽃잎을

받아안고 흘러갔으리

—「필연必然」 전문

시인은 자연이 걸어오는 말에 귀를 기울이고, 이를 언어로 받아적는 일을 '필연必然'이라 한다. 우연偶然이 아무런 인과관계 없이 뜻하지 않게 일어난다면, 필연은 사물의 결과가 반드시 그렇게 될 수밖에 없다는 뜻이다. 꽃이 피고 지는 건 강물과 아무 상관 없다. 하지만 꽃이 필 때 관여하지 않은 강물이 떨어진 꽃잎을 "받아안고 흘러"감으로써 꽃잎과 강물의 인과관계가 성립한다. 꽃잎이 강물에 떨어지기 전까지는 우연이지만, 낙화 이후에는 필연이다. 한데 꽃나무는 강물이 흐르는 산 아래 서 있고, 꽃잎이 떨어지는 장소가 늘 강물이라면 우연이 개입할 여지가 줄어든다. 꽃이 피기 전이나 후나 필연에 해당한다. 그렇다면 필연은 꽃잎이 강물에 떨어진 이후에 발생하는 것이 아니라 꽃나무가 산 아래 강변에 자리하는 순간부터 성립되는 태생적이다.

꽃이 피고(탄생) 지는(죽음) 것은 자연의 순리다. 꽃이 져야 그 자리에 열매를 맺고, 씨앗을 품고 있는 열매는 땅에서 새싹으로 돋아난다. 화려한 시절을 뒤로 하고 강물에 떨어지는 꽃잎을 "두 손으로" 공손히 받아안는 것은 공경·인연·윤회 등 다층적 의미를 담고 있다. 이 법계法界(우주·세계)는 중중무진연기重重無盡緣起다. 단순한 평면적 연기 관계로 이루어진 게 아니라 이중 삼중으로 얽히고설켜 있다. 겹

치고 겹쳐 인연은 끝이 없다.

어깨 위에 너를 얹는다
살아가는 날들이 기쁜 이유는
네가
내 중심을 가볍게 잡아주기 때문이다

—「벚꽃」 전문

서해바다,
망해사 천 겹 만 겹 왕벚꽃을 보러갔었네
바다는 삼매에 들어 아무 말이 없고 뱃사공은 영원한 시간 속으로 노를 젓고 있었네
바람은 천 번 만 번 떠나고 돌아오고 벚꽃잎은 지난 봄과 여전하여 속절없이 내 가슴만 아련하게 쿵쾅거렸네
400년 팽나무에 기대선, 낯선 남자의 눈동자 속으로 분홍 벚꽃물은 적시어가고 나비 한 마리 낯선 남자 머리 위로 무심히 내려앉았네

벚꽃을 보러 망해사에 갔었네
하루 종일 분홍 벚꽃잎을 바다 물결 위로
던지고 던지고 또 던지고
이제, 그만, 돌아왔다네

—「4월」 전문

살아가면서 중심을 잃는 일은 다반사로 일어나고, 한번 기울어진 중심은 회복하기 쉽지 않다. 한쪽으로 기울어진 채 보는 세상 또한 기울어질 수밖에 없다. 기울어진 중심의 회복은 사람과 사물 그리고 시간이 해결해줄 수 있지만, 사람과 사람의 관계는 복잡다단하여 사람을 통한 중심 잡기는 일을 더 그르칠 수 있다. 반면 사물을 통한 중심 잡기는 사람의 관계보다 단조로운 관찰, 즉 보는 행위로 시작된다. 사물을 본다는 것은 사물과 관계를 맺는 일이다.

한데 시인은 사물의 보는 것에서 한 걸음 더 나아가 사물과 소통을 시도한다. 「벚꽃」에서, 벚꽃이 스스로 시적 화자인 내 "어깨 위에" 떨어져 앉는 것이 아니라 직접 집어 스스로 어깨 위에 얹는다. 중심 잡기가 우연이나 시간이 해결해줄 것이라는 소극적 행동 양태가 아닌 스스로 운명을 개척하는 적극적 행동으로 표출된다. 이런 행동이 급격하거나 급작스럽지 않은, 마치 나비가 날 듯이 "가볍게" 행해진다는데 주목할 필요가 있다. 그 가벼움은 꽃잎의 무게와 삶의 기울기가 심하지 않음을 동시에 뜻한다. 따라서 "기쁜 이유"도 타인에 의한 수동적이 아닌 자의에 의해 얻어진 것이지만, 화자는 네 덕분이라면 공을 돌리는 넉넉함을 보인다.

이번 시집 맨 앞에 놓인 「4월」은 벚꽃을 소재로 삼고 있지만, 「벚꽃」과는 사뭇 분위기가 다르다. 「벚꽃」의 정조가 기쁨에 충만했다면, 「4월」은 쓸쓸한 정취를 자아낸다. 또 「벚꽃」은 꽃잎을 어깨 위에 가볍게 올려놓지만, 「4월」은 "바다 물결 위로/ 던지"는 행위를 반복한다. 이런 차이는 어디에서 오는 것일까.

전북 김제시 진봉산進鳳山에 있는 망해사望海寺는 이름 그대로 바다를 바라보는 절이다. 산에서 서해를 바라보는 절은 왕벚꽃의 화려함에도 적요하다. 삼매경에 든 듯 고요하다. 잡념을 버리고 바다를 바라보는 일에만 마음을 집중한 듯 경건하다. 같은 벚꽃이라도 어떤 장소에 있느냐, 어떤 마음으로 보느냐에 따라 마음 자세가 다를 수밖에 없다.

삼매와 "영원한 시간"을 깨는 것은 "400년 팽나무에 기대선, 낯선 남자"의 등장이다. 왕벚꽃과 어울릴 것 같은 남자의 머리 위로 "나비 한 마리" 내려앉는 순간 고요와 경건은 "아련하게 쿵쾅"거린다. 나비가 실제 나비일 수도 있고 꽃잎일 수도 있듯이, 낯선 남자도 실제일 수도 있고 상상일 수도 있다. 어느 쪽이든 여전하고 무심하던 마음에 파문을 일으킨다. 벚꽃잎을 "바다 위 물결 위"에 던짐으로써 마음의 안정을 찾고 현실 세계로 돌아온다.

나는 수없이 셔터를 눌러주었다
사진 속엔 남자의 행복이
모두 찍혔다

남자의 벌어진 어깨 위로 느티나무 잎이
노란 눈이 되어 흩날리고
남자는 윤기 흐르는 긴 가죽 장화를 타고
노랑나비가 융단 위를 날아가듯
사뿐, 왔던 길로 가뭇없이 사라졌다

—「느티나무 아래 작별」 부분

덕수궁 돌담길 느리게 걸어갔다
깊은 잿빛 허공 속으로
은행잎 우수수 떨어졌다
하늘은 깊게 파였고
거리는
은행잎들이
노란 물결 되어
밀려왔다가 밀려갔다
나는 잠시 발길 멈추고
까닭 모르게 눈시울 적셨다
왜 그래? 아직 소녀인가?
그가 말했고
나는 고개를 저었다
우리는 정동성당 너머까지
아무 말 없이 걸어갔다
그리고
건너편 찻집에서
서로 다른 이름의 차를 몇 모금 마셨다

—「타인들」 전문

낯선 남자와 나비는 「느티나무 아래 작별」에도 등장한다. 북한강과 남한강의 합수 지점인 두물머리의 명물 느티나무에서 "오토바이를 타고 온 낯선 남자"를 만난다. 그는 오토바이에 살짝 기댄 채 느티나무를 배경으로 사진을 찍어달라고 한다. 렌즈 속의 그는 기분이 좋은지 "한쪽 다리를 잠시 달달 떨어"보인다. 화자인 나는 "낯설지만 왠지 낯설지 않은" 그 남자의 모습이 귀여워 웃는다. 남자의 어깨 위로 "느티나무 잎이" 흩날린다. 나는 낯선 남자를 렌즈를 통해 관찰한다.

작고 둥근 세상인 렌즈는 나와 낯선 남자가 소통하는 공간이다. 앵글을 통해 서로를 보며 낯섦과 낯익음, 어색함과 익숙함을 교환하고, 그 표현은 웃음이다. "노란 눈"처럼 흩날리는 느티나무 잎은 노랑나비 이미지로 변환되어 나타난다. 느티나무 잎—노란 눈—노랑나비 이미지와 느티나무—노랑나비—남자 이미지가 교차한다. 전자가 사물 색깔의 변환에 의한 사물의 관계라면 후자는 사물과 형상과 속도에 의한 사람으로의 관계를 직조해 보여준다.

사람과 사물의 관계, 노랑의 이미지는 「타인들」에서도 표출된다. 낯선 사람이 아닌 지인과 "덕수궁 돌담길"을 걷다가 "허공 속으로" 떨어지는 노란 은행잎 바라보던 화자는 잠시 발길을 멈추고는 "까닭 모르게 눈시울"을 적신다. 깊게 파인 하늘을 배경으로 떨어지는 은행잎과 "밀려왔다가 밀려"가는 노란 물결에 자연의 섭리와 삶과 죽음 같은 형이상학적 생각에 잠긴다.

하지만 일행은 "왜 그래? 아직 소녀인가?"라는 감성적 질문을 던져 극명한 생각의 차이를 보여준다. 고개를 젓고, "아무 말 없이 걸어"가고, "건너편 찻집에서/ 서로 다른" 차를 마셨다는 것은 관계와 관계의 균열 속에서 생활한다는 것을 의미한다. 말은 하고 있지 않지만, 서로 다른 생각과 다른 곳을 보고 있다. 타인을 통해 '나'를 새롭게 확인하는 유의미한 시간이다. 그럼에도 이전 시와 마찬가지로 관계에 연연하지 않거나 단절하지 않는 일관된 모습을 견지한다.

눈雪은 바로 앞에서 내렸는데
나는 먼 곳만 바라보았다

허겁지겁 달려온
네 머리카락은 눈으로 온통 하얀데
나는 눈 얘기는 하지 않았다
먼 곳의 별 이야기만 했다

너는 우산을 쓰고 횡단보도를 건너갔다

언제나처럼
나는 네 뒷모습이 좋았다

너는 꿈에도 몰랐겠지만.
여명이 올 때까지
긴장 푸느라 긴 한숨 몰아내며
창밖으로 내리는 눈을 무심하게 바라보았다

—「언제나 타인」 전문

세상에 알려진 사람이었기에 그의 사생활은 보호받지 못했죠 그가 최근 '부적절한 사랑'에 빠져버린 죄를 어느 잡지에서 상세히 읽었죠 그가 내게 말하기도 전에 매체를 통해 모든 것을 파악하게 된 셈이죠 그에게서 전화가 왔네요 세상의 말대로라면 '정신나간 놈'이 전화기 저쪽에서 소리죽여 눈물짓고 있는 겁니다 세상이 그에게 단죄하고 판결까지 내린 것처럼 부적절하게 산 대가를, 아내 있는 몸으로 사랑에 빠진 대가를, 그래서 그에게 내린 형벌을 숨죽여 울고 있었죠 당신이라면 그에게 뭐라고 말씀하시죠? 저는 그와 한편이 되어 울어주지 못했답니다 전화 속 저편에 있는 그는 먼 이역의 사람처럼 멀어졌죠 일그러진 표정이 전화 속 멀어지는 그에게서 느껴졌죠 그와 나 우리는 늘 동의했죠 어떤 상황에서도 사랑은 숭고하느니, 사랑은 모두를 아우르느니, 그래놓고도 이제 와서 부적절하다고, 세상처럼 그를 나무랐습니다 위로받고 싶었을 오랜 친구에게서조차 그는, 어찌해볼 수 없었던 운명을 위로받지 못했죠 그와 한편이 되어주지 못했습니다 전화 속 저쪽 세계는 너무 멀었죠 감당할 수 없게 아득하기만 했죠

—「모두가 타인」 전문

'나' 이외는 '모두가 타인'이라거나 '언제나 타인'이라는 선언은 페르난두 페소아의 "타인과 맺는 관계에 개인의 영혼을 빌려줘선 안 된다"(『불안의 책』, 문학동네, 2015)는 말을

떠올리게 한다. 타인과 관계를 맺는 행위는 존재와 존재의 위험한 공존이다. 서로 공존하기 위해선 각자의 영역을 존중해줘야 한다. 영역을 침범하는 걸 용인하거나 묵인하면 관계는 금방 금이 가고, 이는 존재와 존재 사이에 병病이 틈입한다. 그래서 페소아는 "존재란 신성한 것이므로 타인과의 공존이라는 악마적인 것에 절대 항복하면 안 된다"고 했다. 이를 잘 인식하고 있는 시인은 "서로 타인의 세상을/ 흔들지 않으려"(「나무 아래 명상」) 애쓴다. 각자의 영역을 인정하고, 존중함으로써 관계를 유지한다.

「언제나 타인」은 자분자분 상황을 묘사한다. 마치 한 편의 선시禪詩를 대하는 듯, 적막하고 적요하다. 대상과 선문답을 하는 듯하다. 이 시는 공간 묘사와 그곳에서 벌어지는 일(진술)을 담담하게 기술하는 데 탁월한 미학을 보여주는 김미성 시의 특징을 그대로 보여준다. 시작은 사물과 화자와의 거리감을 담담하게 그린다. "눈雪은 바로 앞에서 내"리는 데 화자인 "나는 먼 곳만 바라보"는 풍경 묘사는 시적 대상을 흐리게 하여 거시적으로 세상을 볼 수 있는 시야와 여유를 확보하게 한다.

내리는 눈을 맞으며 "허겁지겁 달려온" 너와 달리 "눈 얘기는 하지 않"는 나는 "먼 곳의 별 이야기만" 한다. 약속에 늦은 이유가 눈 때문일 수 있지만, 굳이 탓하지 않는다. "우산을 쓰고 횡단보도를 건너"가는 네 뒷모습을 좋아하는 이유는 마음의 여유에서 온다. "여명이 올 때까지" "창밖으로 내리는 눈을 무심하게 바라"보며 마음의 준비를 한 덕분이다. 무언가 무심하듯 유심한, 묘한 긴장감이 느껴지는 건 나와 너의 대화나 관계에 대해 슬쩍 감추고 있기 때문이다. 사연을 행간에 감춤으로써 시적 효과를 극대화하고 있다.

반면에 「모두가 타인」은 구구절절 사연을 풀어놓고 있다. 시인은 "세상에 알려진 사람"의 "부적절한 사랑"을 "정신나간 놈"이 저지른 '죄'라 단정한다. 동조할 수 없으므로 "한편이 되어 울어주지 못"한다. "오랜 친구"인 그는 전화를 걸어와 울면서 하소연하지만, 시인은 그가 "먼 이역의 사람처럼 멀"게만 느껴진다. 그는 바람을 피우기 전까지만 해도 "어떤 상황에서도 사랑은 숭고"하고, "모두를 아우"른다는 말을 했기에 더 배신감을 느꼈을 것이다. 부적절한, 정의롭지 못한 사람이나 상황에 단호한 모습을 보이는 것에서 시인의 성품과 시를 대하는 면모를 확인할 수 있다.

자연에 순응하는 사물이나 처음처럼 순수하며 "순하디 순"(이하 「처음으로 돌아가기」)한 사람에게는 무한한 애정을, 그 반대로 역리逆理를 거스르지 않는 사람에게는 자비를 베풀지 않는다. "처음 그때 그 자리"로 돌아가고 싶지만, 한번 깨진 신뢰는 회복하기 쉽지 않다. 하여 "감당할 수 없"는 서글픔에 마음이 아득해지는 것이다.

누가 볼까 몰래 숨어 핀
이름도 모르는 꽃
떨리는 마음으로 조심
꺾어
스승님께 올렸더니

자운 스님,
"혜총아, 꽃도 너를 사랑하더냐?"

—「스승과 제자」 전문

금강산 화암사 계곡에서
한 어른 남자가
콩나물을 씻다가
물살이 거세었던지
콩나물 몇 가닥이 그만
물살에 쓸려가고 말았네
남자는
흘러내려 가는 콩나물을 따라
한참을 쫓아가
바위에 걸린 콩나물을 겨우 건져냈다네

—「나옹 스님 2」 전문

마음 아득해진 시인은 망해사·벽송사·법계사 등 절을 찾아 "사람의 일이 곧 하늘의 일"(「누군들 그러지 않았으랴」)임을 깨닫고, "세상 시름일랑"(「마고 여신」) 그만 내려놓으려 한다. 시인은 "이슬과 이슬 사이"(이하 「멋쟁이 나비 애벌레」)를 부드럽게 기어가는 애벌레에서 "묘법妙法/ 제 몸 속의 우주" 발견하고, "한 송이 청연화靑蓮花로 피어"(이하 「통영에서」)나는 바다에서 "화엄의 세상"을 마주한다. 법문을 듣고, 고승들의 일화를 읽으며 깨달음의 세계로 다가가

고자 한다.

「스승과 제자」는 자운 스님과 제자 혜총의 일화를 다루고 있다. 혜총 스님은 "꽃도 너를 사랑하더냐?" 경책하는 자운 스님의 말씀에는 존재를 바라보는 혜안이 살아 있다고 했다. 스승을 위해 살아 있는 꽃을 꺾어 바친 제자의 마음을 모르지 않으나 처지를 바꿔 생각해보라는 스승의 가르침은 늘 새로운 깨달음으로 다가온다고 했다.

첫 시집의 「나옹 스님」에 이어 같은 제목으로 시 한 편을 더 선보인다. 첫 시집에서 "들리지 않는 귀로/ 반야경 소리"를 들으려 한다면, 이번 시집에서는 계곡 빠른 물살에 쓸려가는 콩나물을 건져내는 일화를 다루고 있다. "콩나물 몇 가닥"은 있어도 그만, 없어도 그만이지만, 남자는 "한참을 좇아가" 기어이 콩나물을 건져온다. 강원도 고성의 금강산 화암사는 남북국시대의 승려 진표가 창건한 사찰이다. 나옹 혜근 선사가 건봉사에 머물렀다. 시인은 계곡에서 콩나물을 씻는 남자에게서 나옹의 모습을 본 것인지는 모호하지만, "분명 깊은 뜻이 있을" 것이다.

향적 스님이 쓴 『선시, 우리를 자유롭게 한다』(조계종출판사, 2014)에는 나옹 스님 '임종게'가 수록되어 있다. "칠십팔 년 만에 고향으로 돌아가다니七十八年歸故鄕/ 이 산하대지 온 우주가 고향 아님이 없네天地山河盡十方/ 삼라만상 모든 것은 내가 만들었으니刹刹塵塵皆我造/ 이 모든 것은 본래 고향이라네頭頭物物本眞鄕". 나옹 스님은 죽음을 입적入寂이라 하지 않고 고향으로 돌아간다고 했다. 온 우주가 고향이

므로 어디서 와서 어디로 돌아가느냐와 입적이냐, 귀향이냐는 중요하지 않다. 놀라운 것은 삼라만상 모든 것을 내가 만들었다는 선언이다. 하지만 무시무종無始無終이다. 시작도 끝도 없듯이, 삼라만상은 존재하면서 존재하지 않는다.

향적 스님은 "삶과 죽음은 돌고 도는 순환의 고리일 따름"이라 했다. 그러니 떠났다가 돌아오지 않아도, 중심을 잡지 못해도, 관계에서 단절되더라도, "혼백 떠난 껍데기"(「마고여신」)일지라도 "삶이 주는 해오解悟 같은 빛"(「시인의 말」)을 따라 뚜벅뚜벅 걸어갈 일이다. "소멸하는 순간까지"(「숙명」) 허공에 집을 짓는 거미처럼 '시인의 길'을 숙명처럼 받아들이며 절차탁마切磋琢磨할 일이다. "살아 있는 것은 저마다"(「자작나무숲」) 단단한 것을 속에 감추고 있다.

현대시세계 시인선 **152**

괜찮아 괜찮아 괜찮아

지은이_ 김미성
펴낸이_ 조현석
기　획_ 김정수, 우대식
펴낸곳_ 북인
디자인_ 푸른영토

1판 1쇄_ 2023년 09월 22일
출판등록번호_ 313 - 2004 - 000111
주소_ 121 - 842 서울 마포구 서교동 460 - 34, 501호
전화_ 02 - 323 - 7767
팩스_ 02 - 323 - 7845

ISBN 979-11-6512-152-5　03810

책값은 뒤표지에 있습니다.
저자와 협의 아래 인지를 생략합니다.